石川　透　編

室町物語影印叢刊　33

酒呑童子　大江山系

柳沢の館はいとひろかりしけしきもんらくしとなるらし
みおちのさうらいかてあんしまいの御母よりかんさしは
御門みかくし給ひてせりしかしみかそるみかりまうし
こしまたみかりして民部ふあられかん給ふ事さやうし
素きんの安母なりてふ先めやいりてまうたのまうれなふと
母子しにつきけ事のお菓り母のたんの国大ゆふかみ
いこうじんの信くは書れしいこさんこうく母とらかれ人のをもりす
それてめ殺のらかめてこれ人いかへあるあて信指七八ば
かしくかりしてそれをのすと出て行のあられいてち
かくし殺ならすを言なにあられとるてめしは院あるやつ
らいをそすゞの池田の中なこうん国安のかそて見めて
多く安しく多ゝいやゝめすくかりしてゆかさし
人めて安し安すゝひゝりのひめと安かけ給ゝ言二

そしりをうらみてひらんのはなはて候しまするはひめ
君は月花の人なりけれはいかなりとも二人の親にて
あいかはらりいなりけれとも延はしさひめつきさまかと
見給ひ此若君此事を御らんしける所すらせ給ふ父国司は
みのりおちやめ此よのめて度ありけるとおもへとくしつるみ
こころのしむ令節（ありせこ）をもちわらく多かりけれは先金こ
の菩提のこころへし此罰こりや多かく人めこれなかり
ありそれ只現すみえんは此事あるしさえみさこえ
の菩てやさきれめるみさこえこれあまへみつくれ現
むかしおりめ心時（ますてのこさ）もそめへし此をはせのあきとこゝて流れ
てきれと仰ありし日をとりてさこえいはすひはれ乗玉て
とせら房也人のさし山よりかくとつけつ流れにて
共へまゐりてはいくさうしや父国司の女せこゝにひ女せこら

人あるいハしやうせゐ免めんめされいてもつは正時宗
われわれ人の親みなしいかて又人指人のをさへ何迄猶れ
まさ而けミつしれハいふ人のひめとゆ人の蓍年ハ行
かくしおすみえしうしかふし年指三よりの年もすれく
よりさすれ是んより見人おゆさ人めのとやおらと付係く
あうき成ゆもいふとひき子み田もひ吾んけ乃まうされいうつ
りしかゝ是そろハらきめのしらうつれてや中うさうんと神ば
新みなてゝうしうか、い後人くしせいて先いふてきは今乃
の喜あゆ又れ早しめやしせんゆて尊皇子走んせり前本み
つまセけてひあの向後てをかうしい稲共多つしつとをさすへ
しらくしうるいますへ　一 正時いかし作ばは宗
とりて京なりもせれ名人みてきんのすまれい若
そんのてひとえたうしてとしてやちやうしかとうらひあ

君のための御母后は丹国大守山の息女ちまきらめそはかり
ろは命めれ子細ありしかはそれよりし給ひ御父ん参て
は命をはつしし〳〵ゐめ延命(えんめい)とはめんみ何うきひの
まつつきそさはしうしかしてうちろみ親世房めりをあんち
やしかりそれふらん米ちるし若せんとはうちあとりてそより
親世房みは条りなりしはみはさせひ御しくみは椎名そ
うなりし御人〳〵くてせ給んとこノ時斗ぬうしりひく我等
なうしてくりけり中納言殿見さうひ東見さうし
め見は宮をや見りやとりけも世給つまる給はれの
みなみ〳〵んなりもかし中納言殿ハ若つりまいらせ給へ
は若御門へそうりん見御門大さうみおと給の世給ひはり
あひうんかく〳〵さやし大臣め(とくだいじ)そう〳〵れく ひめてきて
御らしくありそれ御中み関白大臣ちやうくさし申され

なかやし嵯峨(さが)の天皇と申御時鬼に多くありしさまき
かしわ大臣にて貴き(たかとき)と云者(ちうや)の人しり御門合のせん
しめてかくらこそさせ給ひなから来世(らいせ)にまりなれいさ
やこのひらりも今(いま)のしなみなりし(さうり)宮にまりひ
今すの事のあり清和(せいわ)天皇と皇子の中に尊をみきさ
すこと此親王(しんわう)の子六孫王(ろくそんわう)と云此子多田満中へ
ちかくし満仲の子頼光(らいくわう)として天下にかくれもなき名
大将(たいしやう)にておはしますにしたかひゆへ綱(つな)云時さらゝ
と給ふかはりて四天皇ある時頼光(らいくわう)いさしのや
ありて一条大宮(おほみや)の渡辺つり(?)なかまへ源吏
なれいひけこそりしなり名(?)田とありしつめに金子かせて
そつゝりしなか候ひけりて手(?)ことをよせ(?)しらりろう
此一条戻り(もどり)川の橋(?)にてしと給りなか時に来れつらぬ

年のよわひなともくらへたりしかれこそくらめ女房ぬた人は
高此しくめて思ひしか逢あハゆしかうきもいのから
こうひめすかりけるいあいのそてのかさねかりけて人
流れけすあくひとり菊むらてそりけは混わたしの
みしつかやとも色はありくしあしきに屋あいやくへお
いすの人を我おいぬ来あくりめ行着ありちありせ出ぬ
てあるつし志遣りてあべと跳しけみやけり
混ハ乏くるらり有り下のあされ人と云はれハされけ
あの都にせてかしくみれは混ハちくあゆめしかり
てかさいそこいく馬しらり寄せて嫌門の東面のま
息そのみれは商のき町み以下三てらけてうら追
女のかいそて後め房のうし宝向くかせしい独みな
いぬ来あありみけしあもりやさしえしらすし我か仕よいい說く

のかめそはなりそれまて逢りてあひ語へとかはれ
はいまへぬいつゝまそ見おりしますする[illegible]へおくりまゐせ
ほへしとりふへてゆつて在ゆそいつかりし[illegible]とひ
さりへあまりけるは罷あまり我か川ふいあるくこ
そとりうすうに深かりしとそりとはりんていあいの見へ
りみれは深いか見きりすしてくきんのひけこまり
きんしぬきこそもまあみ鬼のあはかりとこまりおす
深いむ嵩はくひろふみりへふおかりみれは鬼いまは
こまりれなりしあるあこれあけへ鬼みれは深いにかの子伸見
みのりりり不思議つらきあるをまてれいは鬼神と見知まれぬと
ぬ物あり帝は桐光とめされくちくえるしとまり
いえ次さんあひ帝は見ひくんかししてあつかか
桐光殿はあ後の四大はふへあは鬼ちんり作てあく

なるほと我か国のれい鬼神をいつそ信すへきいはんやちかし
あまりとて堯舜をさうやすみすいつれもありかしこそ
あんをやうして鬼ちんをそてまことせんしあり
頼光ちようくめいけなりあるかれ事のせんし
みうきうじんは悪人けりのみれいふうてもいふとこうつ
おしかくりやまおとおて悪人し我かにぶつの
みこうそてむつあわ事れかさりまし
せんし主意をいうてりをもし悪人さてもちむさう
ト[illegible]ちか我かゐのみ急くいりくく一こせ
後世なやしそるらしれくおりし頼光仰をなやはば
あい我まかせてりかけ　仏神ないのりそうけかたる
のちうしびあのむかうしもうり頼光は悪うし
いたるのうじまりてあらちあまうくして

いと悦にやさしく申してさらは御けんさんかし
まろはなかりけりふかくしんらうして
かゝるものゝちかしく何ともあをなかなか申さう
さて頼光はかんてほとゝ我か座になをれてさか
ずきをとらせてさけんらうくありけり頼光仰けるは
やあいかにおのれ人にあたらしめてかうちくと
めくりて六人の山ふしみさを付人座すら
其みる国のひるゐの在情して御酒ぞ其鬼の殿へ参る
ゆさこそあをるもし名をはいつめりも三條とふ迦でう
御すまは座すかに人をひしく具足
勝々我とくへてめつめつあれれは手なかてあく
いかゝめんとひかそていかゝ頼光のおゐおはらん
てんまりかうしてひとつめしつきひなけの

かくて志はしはやすらひけり、ちきりひめとかやせし
つれ\/さし事ゝ人申すへし、とおいやけそ入道も承りて
いまそ宗盛か思ひしにたかはす、しゆりのかみなりけれ
てきたへ四五人斗りして武士あまたありける小長刀取て入りける
との番つけてうち\/に修行しけるておいやけ(?)ありける
そ入道斗小躍(ツ)れけれ、さのみとてそれのみしけれは
とそ人思ひけりとて、太刀をおいのけへそいれてありけり
負らんすへあけさん見えあり(?)しもてまいらする
しけのかへしてそ人何もおもひぬつきたる
のけ(?)の中へわたりきてひとり入りそこにて持ちたる
つけあけあもてけおいのひ、(?)ゐて文なれはあない
くのうらみかなさんすへけれとものひこゝろん
ことつ入(?)けつきつもて日本国の神仏にふして

きせいと申て経をよくめんたれ幽霊ふ急そい
そのせ給ふ山人のみ給は何よみまゝへ人かこいの
いかに六人めくされはそれは給へいれし是かくめんでの
幽みこてへあつ大将にめそ若給ふ山伏のくの
命く頼光おほせけるやうはいかにや山人さし幽のせん
ちやうあけいけくさや鬼の岩屋と称んこうみ
あつて給へと仰けり山伏さしてきつてんは撲さし
幽みなみりしせんちやうあけとえへあさり
みなしさ山峯をあなたこなたへさせ給ひて又岩屋のめ
あるくことをおみの其としかして人のこうにゆく
なりけるや先をせんちやうしうあけわしやかん
こまくそこうわしかう振て山人は我か庵をさし
てそろうりり頼光さしらしこきしめしさうらは

さる程にこのやうにて若き盛りに命のかぎりありしかあれ
あまた孫へは末の世までも中に知る人まで
わかれは類なきにしも流しても知らぬ人もまて
しかすそおほへぬりしと仰られしかおさおこて
尊きは我らは似ぬひ恐人けれ物なりて恐人
揚州の国のわけんにこそりのものとてありき人れ
記の国のおとゝし里の名あるて外き人にはきうちら
さ山路ありておりしは山のあるさこなは孝人之
うしなひしとよみの酒は子とそれ孝されきよみ
こさへもさあるありあれどもありれとも
まりひとりにゝゐへもしあるらくされは
つまへて内なきすちらく孝やしかもちて
孝ちんそしゝととあうるせるのにはとおもひてあり

此三人のおやあくしそは悪子とそしられて人々は先祖先達
のおもしおもてもおほしめしけれとも、ゆるしも参す
ミ候ハヽしそこの僧あつかりしそおほせけるは頼光(らいくわう)させ
らしこゝにたいしめしおほせのことく鎌倉山殿(ろう)
みかとぬよひつれと合すめんとおゆるしもなし給ふ。
さていのうけとれおもし二人の人々ハみ口酒ありしめ
せめるてもつせりりとき(なき)候りやしハめしあひて
三の人せ給ふへし彼思前(はな)ことけとれて吾せ
名付よもんて蒼てんそしと名付参りあ女
其名てうけてもあいて名ひしも名の物あわれハ我が
其の人のうすのなきてぬさるのありありなうしめんくら
おかりありてつ分しやかりけみ折たい吉兆
て弥兵ちりつを名付もへし 此三人のおやあくしそ

宮のみ芸んのゝさけのとらんのまれ名はちん無んこうとく
酒と書神代にし無ん鬼のとく酒と清と文字にかし
はさうけあやうき呑のしれちゞゆらちさうひのかえありさう
小え文つく小え長知りあのし葡のてふされそれ光にみ
ゆめくこうの事まゝ葡し あん斗あらうこさうけは
呑ハくりて共にと如鬼の呑ハとくとめりさんてしそ
ちん無んこうとく小えん経此毎年てえか 朽とく
こうとく比すつもん小えて朽し ふとのとれあし あん
斗光のとめされとく鬼のく盆し切多葡て何のとみあえ。
多葡し此小えくてんのさけの持像く頼光のしそ
くさされりの六人のくこさらしのとる湯のてされて
さんちやのれうとの光すてあんし持よりとりん
るひこうもみめいし かうしけの 小え文なう

みすかしたかりいなかりけるかりこれはまつ山崎の屋をあらわ
まはしく先あかりさんとこらへくとも出かれ
てすんちやしあけと此おりいつくくこさ心あ百十
ちやしはなりくくりてあそあそ翁の身お翁すり翁
仰れんなやしいは河上とのおりせ浮ひて御諸人せよ
女房あわ母ゆかれあへへし揺七八人あしいそれ
いしそこやさ此ろけあわへこゝあおなお声あてあり
まみすくらしくあひくらいあのめへし ちきんとう
亀九時くらふ女くし我らもせりへくへ 霊三昔
い猶然節れしれかし光とおん し まきうりかそう
きあみすやしみりせ屋子六人人くくは此さら し ともこさ
ちらしめし さんとやうわし此くし七浮子れあれふ
しおりとし面いつくおり へみすゝ也し面ひつて河上との

おりふしそこへ女人一人来り年の程十七八ばかりの
やうめのちりのすそ乱れあゆみくるさまことばに述がたし
ますかゞみの顔色さらし白浪してめうもんの薄そこ
い世語へいひあらはさしこゝにさんひころ
しいはいやこれ菊てはりの鬼神にはなれて先
ますますりてはり意しこゝにあみのえにてややらやめ
あはれなる女せてりくあさましとおもへばあはれとお
おもしろ人とて女あさあくとうとい語ふ蔵く
まことの瑞ありもあへあさましやけしからぬ思の炎
なとかてく見さうかうかりめこゝろをなやわ
いかなる女かせてはすせぬ先すて来るせあり
そやめづかもしてよりとやくるりして
女ひ語へと仰姫あへす女くさあくしとかさへ語ふ

頼光（らいくわう）しばしこたへもなく、やゝありて、あれ
なるは、姫子ところせ語へはさんは我みつは花園（その）の中納言（ちうなごん）の
ひとり姫（ひめ）にてありけるが、かゝる者にとらはれて、さうす、指らん
おりしも、みずからと池田（いけだ）の中納言国高（くにたか）の姫君もろ
ともに、先おなじくまゐらせて、垂手語りみけるに、うら
られもちなど、うけたまはりて、うけとめて、ちからむきさりな
とりつけて、ものとそくさなれは、あはれさはかり
てちりぬるそのちりはれ、堀河（ほりかは）の中納言の姫君もとに
たち血はしほられ語ぬそやさしき見えかくこひしき秘くりあ
う筆血しほに掴まれて、あまりにみれば鬼と
あさましくて、ものうき出家（け）せずして、理（とう）なりせめて仕方なく
とおもひしりけり。頼光仰けるやうは、鬼はゆるしあつけ
て速なと申さんとやさしく、さん見るあはれちりくさ

丹先まて来り為丹りと語りしは鬼の字には移んへよる
丹かうせ給へ少し見あれはひめこきみこたうしめ先
は蓑笠や覚やうて給ふしは加うちへしと語せさせし
めしくへけ給ふ士をの御せ給はく地獄せしそうみの
法ひらをつきそろ見門とあてみそはらせはつゐち
をつきあのみの門をそうて二本は鬼のあまりて書付
してそおれへりれめあかえしてりうらへあまりひ
ゆりは地獄せしく可は此宮殿をは本れしうはあかへくた
て五て宮せんみ三さは此寿（まみふ）つくみてんの法印と名
付てくろみりて居くらはあてらうみをあれはえみち
しそ秘よはあるめあいせ士せ見手はさすへせを語う
かりらしの口かへかんらく給し為申し石膳さ
うトしうしく本ま書（そとば）ちまくさ書きまた宮せんまうしと

まうけて、福徳をさせそてを王けりりゆゑに人あまた
のりかいゆゑれとやしき大国人にこそ見えたまへとこきう寿老人
寿老子(ごじ)のその外(そくさい)にこそうすあつく世いゆゑつく髪(かみ)いりけれ
ろせいあしりてさし。金海あり人あまりしうりけり
かやうなれいはいつもそれにこそ外にけ一ちやうてうりけれて。
寿老人寿老子命(いのち)とてこそ行とかうつる人やそ見あ
法鬼寿命させけれと祝事とてもあるし寿いふよめる
秘密いは千の命ありうすゆかし先てぬるりめでためで
寿の人へ寿老人寿老子寿命させけれともりおもひてし
又の弥ゆゑにそて世のひめすにう法へ鬼神にて人
めいつきてそて後の外はいう年させ給ふへしあらゆるとも
はんをまいりしこゆゑこし述ゆてみきあくしとそ喝
後は蓬萊の海の陽にゆゑ見ゆかや秘法思ひ年あり

しし宗なるなりいはしてめるめうのなめなありけんかり先弟
つゝいさゝ縁に参とめはいゝく海く伴なりて世給ふ
ひめさまみれはならぬからあられし申さるゝなすしくなかは
うりいなまりけり六人の人々はひめさまみれは出し忍ひ
なうもには上つひの給ひを給へかりしかもさく么うるの
の門か聖て雲城そ思ひもし光はからくこはちかめすそ
されと人ゝへと念すして人々へ念りのおりかなく母ん
奇特しうんて大ないはひしこそおりひ給へれ
ありいさやひろさ紀仏へとて神くといさゝれり
それ中な思な人々申あお夢おちて地蔵んすなかく
めつしこさうみゆれ神みな下よてみのなけり上へ
理佛浮世なひろさ紀仏ん申と申りり家中理申そそ
みつらりをつくとなりし参じ申し身は寺事こそく

りりまたこハらりにこきのすみれのまなかへさ
ころりく人志しゝせ君山さもめつみとまうれハ医と
りして十六人めくゝせ老人こゝめしゝせられはそれある
みちのまくされあしまさうなの𦬇ぞくら老人いなつすま二ぞり
みちて前後をわしすりはありき世中あまさすあた
くせいなりく鉄おかせうみおし乱しく太こうしの
おりそのかしわらいかゐまよそてらわしつきあ
なりやかんてなりなうしハみめけしゆらなり
るり寿ゝ子かしまれなやいかの音やしゝくこゝかなる
延我ゝ行而音のすゝんせそうとそうして鶯ふく
してなるもう天人をとしなか迦陵頻をそうしなる
ますそまたりまさやういけめうなりなみのあまれハ鉄
事かしいうんやめんてハくわしして天人をとりけり

てこあつやかてれさうんとかくれ祖先さしらしこさ
さらしやしさんは稀有にてやなんめるありそやしてこれ郎
と書文字はこれ誌也と読しあり大原ふとかれば昔は
人乃川寧のしれかすこさきしのあまれ井文之のぎやう
さやとかせうし人乃あれ風すとふるふそ悪鬼善鬼
画鬼小して鬼神のあらし井汐合て考りんとさうけ
忍らづこさくあるへし井あへ世す身しは忍らづさとあさ
忍儀ありけさ比あり偶るもあられと波平田に右羽は右あかり
しかあ羽黒といふて大原山井ぢら験やらし考井し
ありぬれは都一けん世んあめ井いへは夜あありソ
法世んのことしらり一つの田らひ道ありは井んあて先
まそ田らひさて考ら比ゆあ井かの寧ひとつ井之の
ぎやうしぶやの川合行らりくてられそうは一ぶ考比くけ一は

ゆるされども次第に金色の光多く出て此光とゝもに宿にかか
しく／＼に涌とりしやせて／＼いはよそれなる地蔵をへ見
に涌き出しさん抱きて光かゞやいて涌きしはりしなるを見すけし
めさりりせんやとて作仏は地蔵に是は皆さてぬら
喜しき心へりしゆきんよりひらへとしひあけて鏡をもてもなくは。
まりん多めの地蔵子申されは悦びしはりて見ぬさけもあ
しけじ文に喜ぶ申して年ヵ内に涌きし喜ぶ申されはうれしかり
ありがたやおはしまして涌と名づけて血を喜びりてをし
年久てきかくして来へ地蔵の荼毘ありて勤めけりの地蔵子の盃
言うあけて喜ぶらけてさつてしかり桐光井へしてさ
しかりけり桐光盃にして光をさつかりて庵をさ
れけり喜ぶさてしん地の光をもちてそさつかさは
つまへとりて申かつて縄をしで縄して盃ありけれり

とこそはかりみならひそゝしさらしかうかりもさうなくは
ある題をしてあまりかれはをおもひて思ひよりもなしにこまりなかれと
うらかなくてもいはなとりひくらみのせ寄字の古事を
井りり寄字はにけ見ならひわもそれらしくて来りせ
よくおもひて歌の首は独見せしとらしむ縁してそれ
うるへて語りけんなりしめさうしをへすかりとめきことて
むしろ寄すへし切て末くらりしてこそ来れる縁
さらりしたる縁りを此ぬ縁けしの有題をそれし
題語りけんやと先をも寄すへし切てうまそうみよくそく
これより寄字はしたる縁りをこそ此ことは
ある題に井住派くかれ題をけさうなと末くして
かくこきか定める井くしてそれ独見さしらしこと
けしめしろかん体聖教神よりこそやしめおしおもひて

血(ち)のひのぼりて陰の物かたくなれば女の人も陰中けすゝみてもとい
虚にして小筆さらしかれば みかまれ陰さけさりなば
くるしかうりみ そくつうの先なりしに入てくしかし戴しはれ
あはれ胎し 精水くたりて多くやすらかなうみふあり
あらかるしけなし よくしいすれは思の外あらかざし・
まへこゝや茅やとなくして胎元みしいゝすべき
られしれれ帯すゝまられれなやうかならせるまし風
さしみくつせりつくしそてるにしれ金気さるへはい
むかよりてあつ陰けてそたくかりつく時胎元ざ
しきせかうくろんのさけはきしれあし 先の文るやく占
の持(ちさん)来のさけあるれなりし茅もつゆえにりつ陰をしたまふ
かくて胎元そふさくりくもりし 茅てんずらしじか
何しかりゝ茅をそさつきこれなりそさうりにし

しまへかされけり宴はてゝらんはんも難やこゝちしく
のさけの事なれはさはあらんとへしくみえて
あつけ文字かきて乱れ書なるみな丹哉ひてある
こきけあるさまけはさみすり手付あらひゐまつけは
光かいらて此御しめとてけしきは十四五ひは
りらんて春の子なるあ丹哉ひて歌のさひあい
のおんなの子まりひめしてた我春女んとて国多乃
椎君少し花園乃ひめきみとひめてたぬ丹
玉都光はさやう續きして光は名都わり此持子ち
やうらしめあら母そまつせれは春の子めいらく光
丹ちらさめて忠ひかれけされたりやうしいはいはつ一のとり
いつむへここされりしらい女めとかうりて三うせかしへ
そこ本国は丹後の者山寺きくらみれちてこあゆしら

法師に様々の事をおしへ給ふ此法師はもとしこゝろ
しをみあまひへの山にこそ入けり精進にいそし
おもひしにちんきやうせしか法師佛道をさとら
いておいくせんちゝのあくまはおそふこゝろにすゝみける時
こゝに大師やといふ大西僧にちやうとせられて又
愛宕山におゐてあさせたりしにおもしろくも大峯山にそ行
かゝりしこれより後の法師は吉野の峯にわたりちよと
ありかくしてこれは此おりしもうる日文一和
峯にあかりしくにこれ手相おこしつるかゝるを持
おしてさめ蓮をすめしかせそおもひのまゝに佳
しらしちやうせしかおりは命してん玉は無れいしく
とおき命あって皆来千手にみえきたる
おりへは夜をとさし給ひておりへは又見もありかくて夜あけ

みれはなてんのなにはなにとて〳〵よりみて敵にこそ急て
ゐぬやしなれはそのうちにて女房達をあつめ王臣
もろきさけずしせおきつゝしよりいろいろなまたんさやかり
のこらりやうし先生はいろはまうろく〳〵されやうにんは
かゝりしはこやそれにかくれるこさ物見せもして
大西人のつゞりのありちらいは日本にはあすとひとつして
頼光からしかし其負光すべあけ聞さんとそれぞれ
人の為にならぬも文武王のつゞりのありし又頼光は
けんとくわりちるしやうにお着のまゝしてい人々にもんまいり
わかりそれこといりみやうしみでんもうの書の筆あるに
それらしかめしけのおいもしきいりい鬼とそこへ
めしけのいかせしに古業此擁がなて伊勢は陽り
あゝいたうこさ物見改め女の波女にて母はゝ人聞かあらう

ゑあなりより申されともむすめをれつかんてえんをせしこ
しるを綱(つな)けしりしひとおしりもこゑへすなりしと
めさいてうこきりかくこうてひともなましすくら為す
ぶんやくひめちしてちひはさりくへしこいふや
志さうて見ゑしこさやくのたらうのちかのし三井寺へ趣きけり
ますゐしけ御へくひの御へし見こゑやうそうふせん
御あるやうし井為すちんすゐうへいつめんちん候
あんのあめぬ花こゝろうしとこさゆくそうしあらかそや
ゐろ長ちんそうしい頼光(らいくわう)ひめゆきをたれあらから
みつめさんてゝ見ゑつゝさ北むくやうあきすみこそすく
あ井頼光井てゝしそおりのはさてそ北はさに
いそうさうかいおはさうりし綱井てゝまはる人へみ
くへいさくこゝろすへあけさんとくさやまあやしとも

哥なり程よき頃あいたる哥ハいふ世ハおもなから
あれ見よ井手の蛙思ひさそはれゆうなりてけふすら程よし
藤はなかりしかそいろとちり／＼にこほしめさらり
猫見はさりしかは詠して言はちんしてうんすり
うすの花すゝしきおもひめしなかりふさゆかしらん
ふかくてゆきさかすかしこさめてかくしせうら
まこといひさそ見られしめおほせられ目出度此ためのの
みよし野山のかしこしう何かしらやさうみうら梅見やすらみ
手もりしまかけしる名ゆかさしすてしらしめかてすし。
て目出て見る頃すなおしあくは作かとしくまみ
はあくさる哥の人とゆふあり又りあらむや
高しやさやけの花しらかはかりみや程より哥の哉も
てはしてかよ命はあすけん哥あし頃の哉とすり

まりさう候ととすらんかこれなるあめかせもせひ筆なれはいかに上
共やふしきなるけ諸国をさすらいみせよとゆけは
為時山路并に仰せ候へはたかくもかれは谷に近きもの
おりやうは其しきも雑に三をこそといふへなれはなを谷并下り
てりものへいかなる是へ成めせん鬼神とてありしハいかなる是かな・
さるものおそろしきに鬼てもさりやふしきなれはちからつけて
あるかたよりへしかるなんけなりん我并さうけより
しとある鬼神ころへりふとやいさうけるなれむかしと
なれとてふあめのかたそてありしか人氏おさへ并すて
すりきやいとへ人とこそしけりきやふしほりけり
しりえとれしてなすれはあみすむかりしりんへとと
なゆかのおかさんしりまちかざとしれしかもかん
と仰りまいは鬼神おめみしらつけとありん

そもそもへならば世寿しめでたし寿しめでたくござ候
めでたくごふしまへならはれ寿して光けてさりん
しあいまゐ雛やいづれいつて思ひの女犬はなへは
すみかからかへあかりとあつかれて思ひのすれからびら
寿ゝふる寿ゝやゝ寿の伴がりみまる時は光やさし鶯は
たたりみなびけしも皆光いけんあすけんあめ光
あつめまにふせおつしきやうかてらかりんひとら
さうけさや命とめきれへ露散てほも情くすやし
みなきし女その跡へいさきしれ光こそあえらしれおして
のさこひなれし伊けやるはみきみ雛やかみ風やから
先まてはよもこうしとはおもへ小さし衣みなんは
くみゆへ名いそしれんしまずれ小さてごちそうおもよせ
さけなひあくらうまとしあつりあうさおさけのこと

そうし思ひ出しめし候て殊勝に存候へは
こなたへもちたせまいらせ候つるをわか身もうれしく候まゝ
御まへへまいらせ候へはひらきて御らんしてとりけうしうけ
く候雪汁先そこもとへ此さけをまいらせ候つる一ふくつ
几帳のうちへもとなたをもちまいらせ候へは一ふくにつき思ひ出
こそ人のかへし候こゝはさけひとつはかりたへて候されは
てこそそうし蓮をさへまいらせ候ひさうし殊勝にて候
御ねかひのまゝにて我らか頼光并御境にして先酒一
つゝさんかそてなしをいてうりし思ひ出しなくさんのさけ
やらんうけ給へ杏やう思ひ出しかくしものつかうし実かたちん
御ともに雑言してこれさけと思ひ出しも兼て又膳とは膳とり
ちかまさうり前後そさうしはつもてなしそれからしとさけ
なにとかまいらせ候へしはかるへくとおもひて候ぬるもとりのさ

ちりぬるを人のまよひにてさけやきみもかくしとや
みちおもしろやとかくしくく篇なかりけれは
はこころはしくこゝろけい見なる人山路てさけさりけれはす
しかれうさみせう路とやりけるにむね諸かそ為と
承りて存りて顔見けるにしかしても世にとるの芳さふらはは
りけるさるつき總ははしりおもりけるすんとありて
承なかりけれはおそしと為也て思の君の屋井春にそて飢
屁さえいそ花を散さんもりしるやと見し文をしく
しかしも也かし二三度人してそ承なかりけるさう
なは久しこき思の世嵐に花ともに散しく皆なやす
為しあうさみせうをかゝせて日はあるそしたると
りんしいつ年月しみるいなれく芳まうれけるや
いめつみれの人思ひなくししこゝろえくさしなからのてあはれとよりいれ

いさみり御座ゝて事あられそれしかば、今はらんなかは武人
のめのと房はしめらくく跡継かへきこめるなかさん二さゆく
そうしあらそひて年老ちらくく法師すまあれ内うちあめん
門へしして、うしは奥めそれれはおかの鑑せ
ゆえしみえて世路ふしたりて高やらしこあかしある。
はさなうし左かんのしくあり猶元さらしは誇りして
武人のひめこさみとちうけて法家あらは都ゆまてたり
ひめうらうき此路へはさんは者つらしは武田此仲州書状二うの
一人ひめみてありれうきにしつらうしけさて元ゆしさ武人の
いなやあらやめみめとし女合して御かたかはめゆかれ
とおりしめせやかてあさくあしとあさうゆうふいゆく
そへのひめさふしはとせうせ路へはさんは吉田此さい藤ゝみせお
とのひめうそてくしし中く命下さく届てめし

さしもゆゝしきさんてんくさく二人のひめきみけりをかくしおきしを
ますます給ふ頼光さしきさいしきにめしこはひつりおつう
まうしあけ鬼をうたんと存しいつけてちゝ其道とみちへちかけ
申つく候きこかんのふよ母けんさんせきせしへし
鬼のしとも程とさ候わ給へと申されれ姫君達
いさきけしめし先いかあるやいらつてやそれこそよめてあるまい
らい鬼のふゆゆき殿とうちかおへいやくへしちかひ申
こゝあれとありけれは頼光鉢をおけめんく
ねんころ某給へゆふて先かもうし申されけれは頼光此おもえかい
らんらんとりもしてひとりのとしてめしさん
其の鉢より給ふとおもふと申けれは其らう
めのふしそめてめされてちすいゆくせし
つきさしけりうち世もなにやら勝大なつさんなとゝてぬかうって

彩色してすゝみすゝんてあそふみなの人のくゝゝたかきみへ
くれしくていときに何をおもひめつらしきゆゝしき屏風
先女あそひ為おまへ女思ひ出ひとつさあそひゆゝしき色
ちりていとこ落へたひまさけ女君ひよしてあそひとこそ
ひろ思しおしのりらいしまた落へたひとつさあそひせしよ
けるくるゝのあそひらしゝを見らい内足ひゝ女くるゝのよ
かゝさくるんめつさうしあそてゝらしも人色さやしいふ
ろゝのうらゝをかれぬ宮す女蝶ゝもくあそてゝろちゝくとさ
うつくしあそてあるし色前女子の姿めてゝそてゝあれいよひめとく
ちとゝりうりもそてをれあけこちらしあるりゝて髪いなく
さうさめ女かゝれあつめり角をくてひけし眉毛しきけ
つる合見すあり宮すくゝらあけてみしあるの姿めてたるけまる
あるけしょうのなんりなりしいとしいあつゝんおもふ所女

右雜三人の郷達ハろうのあやまりをあんしわひてハ人の
りのまゝならしく先すてまへそありさまなう
こゝろえをくおもひし是をも我ゝかくまうりかて
つかひにいで宮此ならしく母いひつけてならしくは
しきうれあはそろへしくさよ袖稲克ハくひをこされはう
みへにあらやさはみなからすりさんくみ物すてく
委らいれあらしとの後ひとくりんのそなへどありひ
こゝろさけすわしかうせ後ふハ人のくてれはらしぞ
至頭りもさん之の神のけんし後ふあらゝしけ
るこさしかくみのおかくしけみあかしめせなくとも
あしくへみ従はかせて稲克ハかしのくらみなからまおりちす
いそすりしめこ後ふおかえ人のひとくしいつきさそめく
こさ南ちやさんまやのけ神此かたそくて為ひ後へとこゝろ

らいして一家にすゝめてうらつけり悪(?)外ナ(?)してとひしさ
てるらけるしいとこころやくそこしならへなりあるとしと
こをつり廿悪(?)弥にあしく見しくるのそこあきこあそん
とせしりしてもさてなくうりにつるうれくあてつさ
やうのあうれもお(?)とあけてさけふし見らいてん
りつら天地に郷とかく(?)たのゝわらいはくりう
京らりしつゝりのいとこしかくるにつるさあらはかやり
こりてのくんにてん母をまいあうらいなりくと同
みりけてをしてつくしかくしいしりくしりしくてに
あきれくそ此弟本子甲いるりりあしてたけれんし
みを陥すてあふかいるしてそ初経(?)にあそうの悪(?)氏
そ此中ふいふりこいうしとをうつけて見けうるゝ
御かうしみてるまるまれくとみせんとてをそし

かすかなりける銀はさはらしおもしろくしてなきこのかれとは
去らうんや女抱へ置てくまんとてあつめまゐられ芝
えらしらずしてもらひられわましさうし井筒しふれ入さり
なりあひしろ恵でもけふとるむ上を下へとりそつま
銀はちらすは二百目よこさはらかつくりそん銀はえて
おしかすの補売はらし後してそしつくりて
いらこゝりおそくひら〳〵あまらおとせは右銀まで〳〵
銀まで〳〵しりまけ銀まで〳〵しまひぬりんとくさめ
あかけ八恩とはらしさはらしとみえたらしん〳〵は子
もちしまきけすいかぐさてすきうてすつきそや恩の君
底し名れしとてあかきさりんてこりけゐ人
くしいはなしてう新ろうし底うしの中にぞうや
てるゝみれゝとうらめんとてあつしいまうちひらのてと

これをさせ給ひたり宮はさいしよにこそり給はあまたに
鬼ともあつけておける鬼は宮人へくれなゐとある都へしに
ろ井かけしておはしひろ時々とよみけり給ひ付人に
のちは宮かはたまた人まし也けりいへのくにに
鬼神ともゝあつけてこそくしくいさけつれ給ふ
頼光卿は給へやられて御むすめ房達をはしめ
ささけすられ其て先の御すすへあつかはや
くあつのよりしれはとりてひとなのあさく
あまたありられて御むすめ房達をはしめ
さらけられ給ふ人あつかはしやさせ給ふ人
し鬼しくかたつけてことひかりしとふれ
かれはこまとこそくりてられて御むすめ
女房達人をのうかけまつりひかは頼光をみまつりけり

先はゆめかやうつゝかや我はゆめをも見すけてなひ給
足と我をもくしとかけ合すけさつのむひあうさ名
をおもひしく〳〵見ゆるにまいつまふくさきいかんやうく
ろりのめて母隔りもけんちらく〳〵おもひされしく〳〵とち
そうしわさんの兼くちうしかてわんりとさんせいそそ
るとてすくいそせ給ひけし先母はいつてすまかり
為し〳〵ニ暗夫人のむらく〳〵はひあさま見あるゝ先
あきてあるみていとかた給へはくうそんらしりく〳〵玉はけ
見れいつりけなの電見そ王そてうせんつの空さけある
ひ玉こうむしは言をおろかすみやくいつとかた給へは
夫人りはころうあまうしさく〳〵あさいは人をすかかりて
同じあそうれあさ丹中母十七人の兼らゝ丹かくろう
てねうしりしそられ大命下はこゝ人ゆふてあ乳りかる

てゆかすみと輝光さらし給ひしてあはれひめきみ
これは御むかせてあまたひめきみそとよみせ給へるひめきみを
なかにはこれはしめさんはあはれとそは臨終にみ
中納言のひめきみめてさせたまひて悪とそしみ
あかりてめつかひめきみいとさりしやうしたは
こなたそこにあまたの思ひまゐらせけてつれなくやみこし
くてせ給ふよりはゝ君へ給ひまゐりて臥悩やみ給
しやかくあさましくてこたひもはゝ君にてのひ
うきれてあはれなるこの御かをそとかなしききこえて
さけすりいかりせてもてはらひ給ふあはれめすりあはれは
継母あまりにせ給へ屋敷へのかりて父母よりも給ひ
うけてまつりてせんひめきみめかれとおもひしを
ひめきみとさしこきしめし義のこゝろうく

あさましき露のあはれをかくまでかゝりみえてせて
なをみえずあとひとつくみかくせまりけるにもしやとや
こゝろみんとてせ給へりくいみ母のはゝまいりまうしめさ
れてあるかは我か身はすとるかしみるかけさ給
りんかほしさにまたかりあかりのなかのまねかたあかきた
さしのなかひとく秋の雲露を物給ひ又はこそそいふかしき
さいこのはゝとてさてかこそそとの給ひくそれなる
かゝみありつゝ母らへ自身まゐせて姫君とふらひ
て名ひ給へとらくしとけて名ひ給へとめかみあそ
あすのこなゆゑしなからくせ給あなに光みこゝのかみ
いふあやさうしてあかぬ所にてこそへいあやしみなさ
名をならいふ人さしはらしこれやしもうちうみゐし
つましつうきかし給への御かたていみうつみはかなし

ことなんあひやいてゆかしさもなのめならすは草子なくといそぎ
すこしいそぎしてまいりてかくそめのいろさかりと宮
てなみこそ御覧じてはいそぎ給へかしとて候へば
山の林(りん)廉うち寺村の寿まつさし頼光御覧じけるにや
ちなみに在所もなしはるさく待ちけるにかれさせて候。
る庵へいらせ給へとてやうやう人もなくしめやかにとあれば
とりしてみせくらもんをみ国までこれ大将の御ためにとて
かれかけ候へ ききたらしめてそれもそめて名をとる
わしそて心さる事しとおもひすてせあくかに候
馬乗の我てまいらせ人ありける人に先にと申
頼光の御身をけんかうせんとてさてめさる折りてひく
ありそみ中よひあをうけ 生田中納言にて
めくしかひらくまでこしあいしゆ人を進まし

おさな源氏の事からいふことゝとらうけいくすり候是くは
の源氏へかやうのあさみもの源氏してをこなひける御そてあさ
源氏をよむへく候は源氏してすくなくとらしてより
ひめさまをみいつくしさ光はひめやゆめやゆめなりけれ
まあらそて人ことに名なれ源氏ちやうきんきうし
めしきりなし若きあれし頼ひめ君二君
あまいされしさまかそて長ひいうし京をさして
くりせ源氏に時又頼光はすくな御門君さん名は是り
御門君の御命しくてちかんはかりなりしさいきそ
つねくあまんまひくゆるみて名人のせきよしく
あまし薩摩いかす候しかそてあんとの事を候は
されとりし国にあんなんてとこ事は給はりてそ如く
たゝり頼光のこいなるかかへ時代かんかくにいきく国か

諸(?)はいつはりなし　恵心云今も末代も常(?)にあ
すくゐ親鸞上人て頼光(?)のてらしめたまへ(?)ん
人しそうかゝりけり

寛永[illegible]三月吉日書之也

解題

『酒呑童子』は、室町物語影印叢刊4に取り上げている。しかし、同じ内容であっても、肝心の酒呑童子の住処が伊吹山のものと大江山のものとがあり、松本隆信氏編「増訂室町時代物語類現存本簡明目録」(『御伽草子の世界』一九八二年八月・三省堂刊)でも別の項目に分けている。室町物語影印叢刊4では、伊吹山系を取り上げたので、本書では、大江山系の作品を取り上げる。内容等については、室町物語影印叢刊4を参照願いたい。

以下に、本書の書誌を簡単に記す。

所蔵、架蔵
形態、写本、袋綴、一冊
時代、寛永八年写
寸法、縦二四・九糎、横一七・四糎
表紙、黄土色表紙
外題、大江山物語
内題、なし
料紙、楮紙
行数、半葉一三行

字高、二一・五糎
丁数、墨付本文、二四丁

室町物語影印叢刊33
酒呑童子　大江山系
定価は表紙に表示しています。

平成二十年九月三〇日　初版一刷発行
©編　者　石川　透
発行者　吉田栄治
印刷所エーヴィスシステムズ

発行所　㈱三弥井書店
東京都港区三田三ー二ー三九
振　替〇〇一九〇ー八ー二一一二五
電　話〇三ー三四五二ー八〇六九
FAX〇三ー三四五六ー〇三四六

ISBN978-4-8382-7064-4 C3019